LES AMAZONES

De la même auteure :

La petite Apocalypse illustrée, Publie.net, 2012.
Marge, Publie.net & Publie.papier, 2010.

JOSÉE MARCOTTE

Les Amazones

roman

L'instant même

Maquette de la couverture : Anne-Marie Jacques

Illustration de la couverture : d'après une gravure de Bernard de Poisduluc tirée des *Singularités de la France antarctique (1557)* d'André Thevet

Photocomposition : CompoMagny enr.

Distribution pour le Québec : Diffusion Dimedia
539, boulevard Lebeau
Montréal (Québec) H4N 1S2
Distribution pour la France : DNM – Distribution du Nouveau Monde

L'instant même
865, avenue Moncton
Québec (Québec) G1S 2Y4
info@instantmeme.com
www.instantmeme.com

Dépôt légal – Bibliothèque et Archives nationales du Québec, 2012

Catalogage avant publication de Bibliothèque et Archives nationales du Québec et Bibliothèque et Archives Canada

Marcotte, Josée, 1980-

    Les Amazones : roman

    ISBN 978-2-89502-328-9

    I. Titre.

PS8626.A737A82 2012	C843'.6	C2012-941560-X
PS9626.A737A82 2012		

Cette œuvre a bénéficié du soutien de la mesure Première Ovation en arts littéraires.

L'instant même remercie le Conseil des Arts du Canada, le gouvernement du Canada (Fonds du livre du Canada), le gouvernement du Québec (Programme de crédit d'impôt pour l'édition de livres – Gestion SODEC) et la Société de développement des entreprises culturelles du Québec.

Tous ces vingtièmes siècles sous la peau démangent de rouge, de sang, de malaises hilares, de guerres sans nom. Mon fleuve me laisse descendre où je veux, comme un bateau ivre de révoltes. Ces femmes au bout des doigts, que je caresse de signes malhabiles, me répondent et remontent avec violence vers moi. Je leur invente un nid de fiction pour y déverser leur fleuve immense. Je les accueille, ivre rouge d'elles, je ne sais plus quelle rive je suis.

... À Maria Clementi

Tirésia

L E MONDE EST EN GUERRE. Il est scindé en deux. Je ne sais trop depuis combien de siècles perdure l'affrontement entre le clan des hommes et celui des femmes. Je ne me souviens presque plus du commencement de la fin.

C'est pour repousser la fin que je fais l'inventaire de notre mémoire.

Je répète à Morphale que la terre serait à l'origine du conflit. Les femmes ont trouvé le moyen de créer des êtres, déjà femmes, déjà adultes, à partir de boue, d'épices, d'écorces, de végétaux, de fruits, et à l'aide d'incantations. Ces mixtures donnent à chaque fois, sauf erreur fâcheuse, une guerrière prête à manier les armes et à combattre, pour la préservation de notre clan, contre les hommes. Les ennemis doivent capturer l'une des nôtres pour perpétuer leur race, ils ont encore besoin du corps féminin pour procréer, n'ayant pas saisi les subtilités du sol. Les femmes luttent pour régner seules sur cette terre.

Je ne sais plus quoi penser. Je pressens, et je ne suis pas seule dans ce *je,* que la guerre opposant les deux clans va s'éteindre avec nous, bientôt. Le sol, du jour au lendemain, est devenu stérile, nous ne pouvons plus utiliser la vase afin de créer d'autres femmes. Notre survie, un pur calvaire de vase, notre *calvase*.

Attendre la fin, c'est un peu la vivre. Mon esprit n'est plus que vapeur, miettes et poudre à canon.

Qu'avons-nous fait pour en arriver là ?

Falsy

On l'appelait Falsy, une mitrailleuse parmi tant d'autres. Elle tirait sur les hommes comme autrefois on pesait sur une agrafeuse récalcitrante, avec détermination, le visage convulsé. Falsy s'adonnait souvent à ce qu'elle prenait plaisir à nommer son *jeu de paille*. Très habile de ses mains et possédant une vue plus aiguisée que nous toutes, elle emplissait son fusil d'aiguilles, puis elle visait. Il y avait toujours un homme à proximité, à fureter par-dessus nos bottes de foin, sorte de barrage séparant nos deux mondes. Si Falsy voyait une grosse tête rouge poindre, elle n'hésitait pas. À la fin, c'était devenu une véritable obsession. On avait beau lui répéter, dans toutes les langues que nous parlions à l'époque, qu'il n'y avait plus de bottes, que nous devions opérer des mouvements d'infanterie, faire avancer nos troupes, elle tournait sur elle-même, son fusil blotti contre ses seins, et elle répétait à qui voulait l'entendre, de même qu'à celles qui ne voulaient pas et aux absentes, que, s'il le fallait, elle allait mener son jeu de paille envers et contre toutes.

Julianna

Julianna avait un mot sur le bout de la langue. Nous ne voulions pas lui dire lequel. Elle tendait sa langue, l'offrait à toutes, mais nous, nous détournions la tête pour ne pas la voir. Le voir. Un petit mot. Tout court. En apparence inoffensif, tatoué, gravé. Incrusté comme une saleté. On ne savait pas pourquoi. C'était de naissance. Une tache de naissance. Quand elle parlait, on ne voyait que lui. Ce mot.

On peut dire que Julianna vivait derrière sa langue, en retrait, cachée, bien, très, trop loin derrière cette sorte de plaie refermée. Tout son être en était infecté. Ses gestes étaient contaminés par cette absence de savoir. On la voyait tirer régulièrement la langue devant le miroir de la douche commune, elle n'y découvrait rien, ne le distinguait pas. Le mot. Elle apercevait seulement sa langue, une masse rouge capitonnée.

Un jour, la soif de connaître transforma son esprit en une sorte de bouillie informe. Elle décida de sectionner l'appendice qui gâchait son existence.

Ce matin-là, après l'entraînement au maniement des armes, elle s'est enfermée dans une des cabines d'isolement. A fait sauter le cadenas. A ouvert la porte de cette boîte de tôle. A agrippé par les cheveux celle qui y était condamnée depuis la veille, Janny. A tiré Janny aux yeux ronds hors de sa prison. A pris place sur le banc de bois. A refermé la porte. C'est une fois à l'intérieur, seule pour la première fois, qu'elle a sorti sa petite lame et a commencé à se trancher la langue. Elle a dû s'y reprendre au moins sept fois, gauche, droite, gauche, droite… Le sang courait, fuyait, glissait dans sa gorge, au ravalement de sons incongrus. Julianna avalait tout. Elle était près du but. Elle lirait le mot…

Quand Barika a enfin ouvert la porte, elle a vu Julianna affalée contre la tôle, le souffle absent, une motte de chair molle dans la main droite.

Certaines disent encore qu'elle parvint à lire le mot, mais qu'elle ne put le prononcer. Le silence enveloppa ses membres de chaînes invisibles. Sa vue devint trouble. Son cœur s'arrêta net.

Je me souviens. Je me souviens de ce mot. Mais je ne veux pas le prononcer, de peur de la rejoindre en ce lieu. *Où l'écran devient blanc et sans issue.*

Képès

L'archère fuyait au galop, pivotait de cent quatre-vingts degrés sur la selle, puis décochait sa flèche sur l'ennemi situé derrière elle. D'un geste précis et efficace, Képès avait raison de tout poursuivant. L'arc composite manié à pied ou à cheval, peu importe, était une arme meurtrière qui n'avait d'égale que la femme la manipulant.

Nos armes n'ont pas de cran de sûreté.
Nos haches n'ont pas de cran de sûreté.
Nos dagues n'ont pas de cran de sûreté.
Nos arbalètes n'ont pas de cran de sûreté.
Nos fusils n'ont pas de cran de sûreté.
Nos arcs n'ont pas de cran de sûreté.
Nos mains n'ont pas de cran de sûreté.
Ni d'Ève ni d'Adam, les femmes du sol n'ont de cran de sûreté.

Line

Quelque chose rendait irréelle la réalité que nous traversions ensemble. Quand Line revenait de son poste de garde, peu après minuit, elle passait à côté du fleuve sans le regarder. D'un pas lourd, elle longeait la cabane sur pilotis de Barika, Nanny et Satellie. Son regard vide cheminait sur la route, notre terrain vague sableux, pendant qu'elle dépassait les campements des divers régiments, puis passait le pas de sa porte grinçante. Suspendait de mains lasses ses deux fusils et son arbalète au crochet de l'entrée. Enlevait d'abord ses bas sales qu'elle déposait dans l'un des deux récipients. Se lavait les pieds dans le second. S'asseyait sur sa chaise de bois rond, qui soupirait sous son poids en même temps qu'elle. Ainsi placée, à côté de sa paillasse, les pieds dans l'eau encore tiédasse, elle faisait face au mur brun, celui qu'elle partageait avec Emrala et Yovnie. Emrala était de la garde de nuit. Seule Yovnie dormait à poings fermés, comme à son habitude, sur le dos, les mains croisées sur sa forte poitrine.

Line se retrouvait devant ce mur tous les soirs, dans cette position, depuis une éternité semblait-il. Elle le fixait longuement, chaque soir, ce même point, les yeux rivés au même endroit. Même qu'on aurait pu penser que les planches seraient creusées à cette place précise, mais non… Après un bon moment, les membres engourdis, elle se levait, tâchait de toucher le mur. Il reculait. Elle avançait ses doigts usés vers lui. Il reculait. Elle faisait quelques pas en avant. Il reculait. D'autres pas. Il reculait. Elle tendait ses mains vers l'avant. Il reculait. Elle se figeait. Inatteignable. Et c'était comme cela toutes les nuits.

Résignée, elle retournait s'asseoir sur sa chaise. Line fixait leur mur. Jusqu'au signal connu de ses paupières lourdes comme pierres, lui rappelant qu'il était temps d'aller sombrer dans le sommeil. Poussée à son extrême limite, elle se couchait alors sur son grabat. Puis fermait ses yeux épuisés devant la nuit.

Malanie

On touchait à une époque de l'histoire où non seulement l'espèce humaine s'éteignait, mais où même la raison d'être et la signification des mots étaient en proie à la disparition. Après le *babil* réglementaire, la récitation en chœur des préceptes transmis par les mères fondatrices, lors d'un repas, Malanie a fait quelque chose que l'on n'avait jamais vu. Un mouvement du corps, soudain, étrange. Nous la regardions, toutes, figées, pétrifiées. Comme si une image résiduelle nous avait secoué le dedans. Dans une plénitude inexplicable, dans un état de satiété, pourrait-on dire, Malanie, assise jambes croisées sur les peaux, comme nous toutes, à même le sol, disposées en un cercle parfait autour des aliments, Malanie a porté son pied à sa bouche. Dans un geste de sublime souplesse, lentement, elle a déposé la mangue qu'elle grugeait pour enfourner tous les orteils de son pied droit. La seconde qui suivit, elle avait les yeux ronds, surprise par quelque chose. Comme si elle découvrait, ou retrouvait un objet longtemps cherché, perdu dans les fissures des planches de sa cabane. Ce regard. Vous savez, elle ne pouvait pas parler, évidemment, et la scène n'a duré que quelques secondes. Fort heureusement, Barika n'a pas vu son acrobatie. Nous n'en avons jamais reparlé, mais je pense que c'était assez pour nous donner le goût d'essayer. Je suis convaincue que nous avons été plusieurs à tenter la chose, cette posture-là, ce soir-là, en petits groupes de deux ou trois, dans nos quartiers respectifs.

Emrala

À chaque fouille hebdomadaire, Emrala répétait que tout allait de travers, mais c'est elle, si je me rappelle bien, qui ne marchait pas droit. À répéter qu'il faut toucher du bois, *je touche du bois, vas-y, touche du bois, ça va conjurer le sort,* à cœur de journée, le peu de logique qui nous reste s'émiette. À la fin, elle traînait partout ses bûches : lors de ses missions en éclaireuse, ce qui la ralentissait considérablement, dans le campement de la garde de nuit, durant les séances de maniement d'armes, dans la douche commune, allongée sur sa paillasse, assise sur les peaux lors des repas, une véritable plaie, partout je dis... Et quand je dis *je,* je n'y crois plus vraiment, c'est saturé, sursaturé, et ça me semble si loin tout ça... Si Barika ne l'avait pas encore enfermée dans une des cellules d'isolement, c'est bien parce que ses talents de chasseresse, de dépeceuse et de tanneuse de peau étaient exceptionnels, donc indispensables aux troupes. Emrala affirmait quelque chose puis, tout de suite, touchait son bois. Ses membres tremblaient à propos de tout, au moindre bruit elle prenait peur. Et elle devait tâter de l'écorce. Sa manie la calmait pour un temps, et ça recommençait. Quand le sistre résonnait, elle courait trouver refuge dans sa cabane, au grand dam de Line et Yovnie, qui essayaient tant bien que mal de lui faire recouvrer la raison à l'aide de taloches bien senties. Au début, c'était seulement pour elle-même qu'elle effectuait ce qu'on a fini par appeler le *rituel d'Emrala*. Ce n'est que plus tard qu'on a enfin compris qu'elle le faisait aussi pour les autres. Elle ne parlait plus, pas le moindre son, mais nous écoutait et tapotait ses écorces, tripotait les copeaux dans les poches de sa tunique. Aucune discussion possible. On se disait que ça finirait bien par lui passer, qu'on avait vu pire, pour sûr. Mais nous l'avons quand même perdue, un actif important. La chef affirme encore que Yovnie l'aurait découverte, étouffée, des morceaux de chêne dans la bouche. De mon côté, je penche plutôt pour l'hypothèse de Morphale, elle a très certainement fui en forêt. Et si c'est le cas, on ne la retrouvera pas de sitôt.

Vania

La forêt vierge folle, à perte de vue.

D'un côté le fleuve, devant Vania, et par-delà le fleuve, le clan ennemi, puis, si on observe de l'autre côté, derrière Vania, la forêt vaste et profonde, les montagnes et les grottes.

Aide de camp, Vania astique les armes, nettoie les cabines d'isolement, apporte les haches émoussées à la forge de Cilla, achemine des messages quelquefois, mais, surtout, elle s'occupe de la bonne santé des instruments quotidiens, fusils, haches, dagues, arbalètes, arcs et flèches, le nécessaire clinquant, affilé et coupant.

Assise au milieu d'un tas de fusils, elle brosse les vieux canons, un à un, avec minutie, telles des idoles, et les replace au râtelier. *Elle ferme les yeux, le décor change ou ne change pas.* Le plus souvent, elle se retrouve près du fleuve, entourée de femmes guerrières étrangères, parfois elle marche d'un pas lent vers la forêt vierge qui lui est interdite (elle n'est ni éclaireuse ni cueilleuse), parfois elle atteint sa lisière, parfois elle a envie d'ouvrir les yeux, de se lever et de s'y rendre, parfois ses membres deviennent lourds comme la roche, ses pieds semblables à du bronze affiné en fournaise ardente, et l'attirent alors vers le sol qui l'a vue naître, parfois Vania agite son esprit ainsi, aux limites de la folie, dans un désir de fuir, *au-delà des bords de la mort.*

Cilla

Dans la forge de Cilla, la flamme est reine. Et le feu se soumet.

Avec ses fours de charbon de bois brûlant nuit et jour, Cilla se croirait dans une interminable *purge* sacrificielle animée par Barika. Elle aime se répéter, à chaque coup porté, qu'elle crée la vie. Une vie inanimée, certes, mais elle fabrique des armes qui touchent, frôlent, atteignent, blessent, scalpent et pourfendent la vie. Le contact le plus près de. Les nerfs à vif de marteler l'enclume, Cilla tient son marteau comme si c'était l'extrémité de ses doigts écorchés, s'accroche à cette partie d'elle qui ira au champ de bataille à sa place, livrera combat contre l'ennemi, tandis qu'elle restera ainsi, cloîtrée jour et nuit, dans sa soufflerie vulcanique infinie.

Ce n'est pas en semant qu'on devient forgeron.

Cilla le sait.

Cilla ne dort jamais.

Le feu ne dort jamais.

Et la forge est faite de la matière dont sont faits les mots.

Apo

Il y a de cela fort longtemps, quand les idoles furent sacrifiées, les statues tombèrent avec fracas. Dans un cirque médiatique grandiose, tous les pays s'arrachèrent à gros prix les images télévisuelles et journalistiques de la chute postcapitaliste. Les génocides abominables, les rébellions et les guerres sans nom eurent raison de l'Empire du béton et de ses géants, ses affres intestines l'attaquèrent de l'intérieur, telle la pyrite.

Plus tard vinrent les mères fondatrices. Et notre création collective se fit dans le sang et la magie. Rien de nouveau sous le soleil. *L'existence est fondamentalement sale.*

Parmi ces innombrables images, le clan se souvient d'Apo, tremblotante sur un petit monticule. Au-dessus des nids de marmottes, elle tenait tant bien que mal sur son talus de terre. Une caméra pointée sur elle, comme une carabine chargée prête à déverser son plomb, Apo était seule à l'écran. Elle tombait de bas, la dernière vedette d'une émission de téléréalité appelée sobrement *Concentration.*

Un jour, en matinée, elle perdit sa jambe droite dans un soupir. Elle trébucha sur la parcelle de terre qui lui était assignée. *Crac.* Un vent invisible balaya une partie d'elle au loin. Sur une jambe, elle poursuivit son attente. La femme imaginait qu'il devait être merveilleux de sortir de l'espace où elle était contrainte, de pouvoir communiquer avec autrui, faire entendre sa voix. Le lundi suivant, on dit qu'elle regarda l'appareil, émit un gémissement, une sorte de plainte, et que son autre jambe se désintégra sous son poids. Les yeux hagards, elle fixait l'horizon qui la narguait. Lui, omniscient, partout à la fois, alors qu'elle se contentait de son morceau de terre glissant. Entre elle et lui, la caméra, la machine obligée. Des papillons de nuit virevoltaient autour de son tronc. Elle essayait d'en attraper au vol, mais peine perdue. Elle regardait ses bras, membres inutiles qui l'empêchaient de s'éloigner du sol, du talus maudit.

Après plusieurs années, elle sortit de sa torpeur et sa gorge relâcha un mot, son propre nom, *Apo…* Son bras droit s'égraina comme un sablier, lentement, tout en douceur, sous ses yeux impuissants. Les ténèbres avançaient vers elle à pas de loup, mais l'horizon était toujours aussi loin. On dit qu'elle fixait le paysage, derrière la machine, ce lieu où le sol épouse les limites du ciel. Cette vue suffisait à la maintenir debout. Elle attendait un miracle.

Plus la disparition frappait Apo, plus les cotes d'écoute augmentaient.

On n'avait jamais rien vu de pareil, un phénomène télévisuel sans précédent.

Ce qui restait de cette femme, un casse-tête aux fragments infinis, impossibles à rapiécer, que le vent et les satellites avaient dispersés aux sept coins des Amériques. Des bêtes du monde entier se délectaient des images qu'elles recevaient, bavant de contentement, se félicitant de ne pas être à la place de cet amas de chairs pétrifié.

Apo espérait être la prisonnière d'un corps autre que le sien, dont elle ne ressentait pas la présence, mais qui serait à même de contenir les restes de son propre corps pour en faire quelque chose de plein, de beau, de grand, de lointain. Comme le vent qui souffle en tempête et fouette les visages.

Elle sentit la secousse comme le vrombissement d'un torrent, ou d'un fleuve. Tout allait s'engloutir, enfin. Apo glissa sur elle-même et s'émietta avec fracas.

Le multiple dans l'un.

Le tout dans le rien.

L'écran devint blanc, et sans issue.

Plus tard vinrent les mères fondatrices, et leur engeance vengeresse.

Tori

Quand les guerres civiles eurent enfin cessé, les géants anéantis pourrissaient depuis des siècles sous terre, et cela faisait déjà des dizaines d'années que toutes nos naissances étaient régulées par la prêtresse accoucheuse, une femme désignée expressément par le Conseil, qui faisait régner la *règle d'or* du clan, la Loi du ventre vide. À la connaissance de Morphale, une seule d'entre nous osa s'y opposer.

Une nuit, Nanny ayant quitté sa hutte pour une *catharsis* lunaire, Tori entreprit de s'y infiltrer, non sans avoir d'abord offert à la garde en poste une pleine gourde d'*oinos,* du vin substitué à même la réserve personnelle de Mamika. Tori prit alors la précieuse mangue, qu'elle déposa par terre sur le petit lit de feuilles mortes, l'enduisit de la glaise du rituel, sans trop savoir comment s'y prendre, y ajouta les feuilles de menthe, les jeunes pousses de camomille, le jus d'une pomme grenade, les racines d'une plante inconnue, des écorces d'érable, tout ce qui pouvait bien se trouver à portée de main, près de l'autel, et d'autres ingrédients encore… Toujours est-il que la sueur perlait sur son front jauni et ridé tandis qu'elle concoctait seule sa *fille*. Pas besoin de cette Nanny, une femme de malheur. Tori récita seule les prières et les paroles nécessaires à la germination. Elle esquissa seule les gestes de la règle d'or. Ce n'était pas parce qu'on avait toujours fait ça en groupe, en tant qu'observatrices, sous la surveillance de Nanny, qu'elle ne parviendrait pas à germiner... Tori l'appellerait Lizgoth. Cette future compagne, fruit de ses propres efforts, se disait-elle, l'aimerait d'un amour puissant, un sentiment fort et inconditionnel, comme toutes ces femmes soumises à Barika. Comme ce serait bon, et à cette seule pensée, une chaleur se répandit dans son ventre vide.

Tori ne savait pas, à ce moment-là, que ses manœuvres seraient lourdes de conséquences pour le clan tout entier, que ses erreurs de mixture engendreraient un être capable de perturber notre équilibre de marbre... Morphale soupira, d'un souffle de remords, car elle était en fait la garde soudoyée, trop contente de pouvoir engourdir son corps et son esprit endoloris avec une boisson qui se faisait si rare aux repas.

Artémise

Elle observait ce pied marqué au sable, lui faisant croire à une femme. Elle imaginait un Autre. Serait-ce un homme ou une femme ? Artémise cherchait une trace d'Emrala, ne perdait pas espoir… La meilleure chasseuse du groupe avait depuis peu perdu sa partenaire de toujours, et cela la rendait folle d'inquiétude. Une partie d'elle au loin, les parties de chasse n'étaient plus pareilles. S'abîmait en elle le désir de gibier. Elle errait de part et d'autre dans la forêt, du matin au soir, d'heure en heure, enjambait les fils de fer barbelés de l'ancienne région des camps, sans entrain aucun. Elle a même osé laisser partir des biches et des cerfs aujourd'hui, des proies faciles aux pattes graciles, mais si faciles à rattraper pour Artémise… Ça ne va plus. Elle est femme lasse au cœur sauvage, et son esprit s'attise de nouveaux feux, il s'étend entre terre et eau, où les limites sont indécises, floues. Femme vierge de corps aux mains sanglantes, Artémise ne sait plus quoi faire de son arc d'or et de son carquois, ni le mettre au service de…, de qui ? Et cette envie surgissant, ce *crime par la pensée,* une idée effrayante, celle de le mettre au service de soi, et d'envoyer sur les femmes du sol une mort soudaine et définitive, la frappe comme une flèche en plein front.

Glauké

Le fleuve est une identité abstraite.

La douce dislocation de l'Être entraîne Glauké du côté du sommeil, dans ce fragment de seconde où on soulève des montagnes pour créer des paysages incongrus, et cette fois-ci, elle gémit. La nuit chaude la gagne. Son rêve la pousse dans l'obscurité d'un monde révolu, mais pas si lointain.

C'est elle, mais ce n'est pas elle.

Glauké se lève d'un lit douillet, un matelas tout ce qu'il y a de plus ordinaire, ni trop grand ni trop petit, se dirige instinctivement dans une autre pièce où se trouve la douche, toute de carrelages colorés, de céramiques, avec lavabo et large miroir bien poli, et toilette blanche propre. Elle utilise les commodités, comme si elle avait fait ça toute sa vie, se sèche avec la grande serviette de bain, puis retourne dans la chambre, fouille dans les tiroirs de l'unique commode et en retire un pantalon noir, des sous-vêtements beiges, culotte et soutien-gorge assortis, de fines chaussettes noires de coton, enfile un chemisier blanc extirpé de la penderie. Ainsi vêtue, elle ramasse ses cheveux, élabore un joli petit chignon bien serré, qu'elle stabilise d'une pince. Satisfaite, elle se dirige vers la cuisine où elle se verse un jus d'orange, met une tranche de pain à griller avant de l'enduire de confiture aux fraises et de la manger à table, sur un petit napperon brun. Une fois le déjeuner terminé, elle va jeter les miettes et déposer la vaisselle dans l'évier, ensuite, elle retourne à la salle de bains, prend la brosse à dents dans le petit gobelet, y dépose de la pâte dentifrice, pas plus gros que la grosseur d'un pois, met l'engin dans sa bouche, frotte de haut en bas et de bas en haut, et de gauche à droite, partout, crache dans le lavabo, rince, voilà, maintenant c'est fait. Elle ferme l'interrupteur de la pièce, se rend à la cuisine prendre ses clefs sur la table et la mallette sur le pas de la porte, puis enfile ses chaussures. Elle est prête à aller travailler... Glauké émerge de cette balade en apnée avec un cri de mort, le sien, inévitablement en sueurs, tremblotante et complètement terrifiée.

Satellie

C'était une des apprenties de Mamika, la commandante jardinière. On n'a jamais bien compris pourquoi elle avait porté son choix sur Satellie, car tout le monde aurait pu y parvenir. Il y en avait tellement qui convoitaient le poste, et c'est la Muette, de son surnom, qui l'emporta.

La Muette conservait tous les pépins de pommes, noyaux de vie et cadavres comestibles. Elle ne les mangeait pas comme nous toutes, mais les enfournait dans ses oreillers de plumes. Mamika seule devait connaître l'origine d'une telle habitude, elle nous répétait que sa protégée savait faire pousser ses rêves.

La favorite de Mamika faisait les cent pas autour des boutures, des bourgeons, des graines. En réalité, nous ne l'avons jamais vue planter quoi que ce soit, plonger ses mains et creuser la vase de ses ongles. Elle tournait seulement autour de futures pousses. La Muette creusait de son petit pas lent la circonférence terreuse d'une plante. Celle-ci grandissait à une vitesse effarante puis éclatait en fleurs multicolores et en branches vigoureuses. Ces branches, visiblement hypnotisées par la persévérance et la bonne foi de Satellie, s'éloignaient de leur plant originel, développaient des racines tentaculaires dès qu'elles entraient en contact avec le terrain aménagé par la Muette.

L'apprentie jardinière séparait les branches du pied mère, les émancipait. Avec des sourires bienveillants, comme ceux qu'on adresserait à sa progéniture. Elle dirigeait les tiges, les branches, pour les ancrer à nouveau dans le sol fertile de la nuit. De cette terre pouvait jaillir mille plantes insolites, cauchemardesques, carnivores ou merveilleuses. La Muette n'avait qu'à répéter ses gestes.

C'était toujours à recommencer. Tourner autour du pot, *ad vitam æternam.*

Satellie était la seule apprentie de Mamika qui multipliait par marcottes.

Yovnie

C'était la pleine lune. Il ne faisait pas un noir d'encre, mais une clarté bleutée depuis plusieurs heures. Yovnie avait quitté sa cabane et sa paillasse pour rejoindre les troupes. Presque toutes les femmes étaient arrivées. Allongées, couchées, le dos sur la terre humide. Certaines en étaient à leur deuxième ou troisième orgasme. À vivre comme ça, en communauté, on finit par le savoir, on sait presque tout sur chacune, et il n'y a pas beaucoup à savoir, en fait. Il n'y avait qu'à regarder la couleur des joues. Yovnie se plaçait dans le rectangle tracé pour elle sur la terre battue, s'étendait dans le lopin qui lui était assigné, de deux mètres sur un mètre, terrain délimité par la commandante jardinière plus tôt dans la journée. Vania dans le lopin à sa droite, Lizgoth dans celui à sa gauche. Cette dernière dormait déjà. Yovnie la réveillerait quand ce serait terminé, au signal de la chef, comme à l'accoutumée. Elle enlevait alors sa tunique et procédait aux attouchements réglementaires, regardant le ciel, des cris, faibles et forts, s'élevant vers lui, se répercutant sur la voûte céleste, elles fixaient les étoiles, si loin, hors d'atteinte, elles gémissaient en groupe, criaient leur chaleur au ventre et, chacune pour soi, recommençaient, s'enfonçaient dans un recoin de leur corps, disparaissaient bien loin, se gavant de ciel si grand, de feux d'artifice bleutés… La première, Barika se levait, enfin, puis proclamait d'une voix presque éteinte que la *catharsis* était maintenant terminée.

Lizgoth

On raconte que Lizgoth se déroula d'elle-même, se levant sans peine de la boule qu'elle constituait. Et que la boule perdit sa perfection. Sa première respiration ne vint jamais... Elle ne poussa aucun cri, ne se tordit pas de douleur gluante comme une larve dans la terre retorse, comme nous. Lizgoth regarda plutôt tout autour, tout simplement. Ses yeux frais couvrirent la scène, où une femme barbouillée de glaise, les genoux en terre, entourée de poteries vidées et éparpillées, souriait à pleines dents. De l'eau s'échappait de ses yeux pour mourir dans son cou. Lizgoth étira ainsi ses membres élancés, observa avec curiosité ses longues jambes bien galbées, tâta de ses deux mains son visage, son cou, parcourut ses seins fermes, son ventre plat, ses hanches fortes. Une femme surgit alors en trombe. La prêtresse se rua vers Tori, encore à genoux, suppliante, *Nanny, je t'en prie, laisse-moi la prendre.* Lizgoth l'observa en silence, et baissa bien bas sa tête, tandis que Nanny soulevait du sol la coupable, d'un bras de fer. Tori n'opposa aucune résistance. *Tu es Lizgoth, ma fille,* qu'elle lui dit avant d'être poussée à l'extérieur de la hutte.

Margot

Quelque chose lui est décidément arrivé, elle ne peut plus en douter.

C'est venu à la façon d'une maladie, pas comme une certitude ordinaire, pas comme une évidence. Un goût amer en bouche, qui persiste et s'incruste dans la langue, et pas à cause de la nourriture préparée par Litote, un goût de fer, intense, nouveau, qui se rapproche dangereusement du sang et de la chair crue. Quelque chose ne va pas. Margot ne sait plus vivre. Elle respire de plus en plus mal. Elle a le visage tourné vers les murs de sa hutte, haletante, elle palpe les branches, la paille, les brindilles et les multiples protubérances laissées par la boue séchée, les matériaux usuels, et pourtant… *Pas un rien de la surface des murs qui lui soit inconnu.* Alors, pourquoi cette nausée ?

Pétil

Pétil n'en faisait qu'à sa tête. Étrangement, Barika et Mamika laissaient aller. Cette femme esquissait de sombres dessins. Chaque matin, après le *babil* réglementaire et l'infusion, la silhouette anémique de Pétil quittait le campement pour se terrer au pied d'un rocher qu'elle avait pris en affection, lieu inexprimable où un micro-climat soufflait souvent sa tempête sans prévenir. Celles qui sont allées la regarder dessiner ne pouvaient ignorer les regards tendres qu'elle jetait à l'énorme caillou, cette masse couleur de requin d'environ huit pieds de haut, un obus de future félicité. Je donnerais tout ce que j'ai, aujourd'hui, mais c'est bien trop peu, croyez-moi, pour revoir un jour Pétil, et les tracés qu'elle creusait à même la terre, des formes bizarres, des personnages difformes… Lorsque je la regardais faire, c'était comme si on m'avait enlevé l'énorme hache de mon ceinturon et la dague de ma cheville, je me sentais délivrée, je me sentais nue, je souffrais moins au niveau du nombril, oui, je ne me lassais pas de déchiffrer ses images de sable. Pétil bougeait ses doigts doux comme des plumes, tandis que tout le reste de son corps tremblait d'une hypersensibilité végétale, remuant aux moindres secousses du dedans et du vent. Elle disait souffrir de vertiges, mais que les Meidosems l'emmèneraient un jour au Palais céleste. Je n'ai jamais su quoi lui répondre, ni de quoi elle parlait. J'observais les figures au sol et c'était assez pour moi, bien que je me rappelle lui avoir déjà demandé s'il s'agissait d'hommes ou bien de femmes. À cette unique question, elle me sourit et répondit qu'ils n'étaient ni hommes ni femmes. Ses mains continuaient à se lover à même le sol, ses doigts s'y engouffraient, Pétil s'en mettait plein les ongles. Pendant cette heure précédant le premier entraînement du matin, ses yeux gris brillaient. Aussitôt remise sur ses pieds, la flamme disparaissait. Les signes demeuraient sombres, les silhouettes obscures, les créatures aléatoires, puis, enfin, la tempête arrivait et balayait tout. *C'est une peine qui court, c'est une fuite qui roule.*

Janny

La survie se fait en groupe.

La guerre est sédentaire.

La solitude, connais pas.

Nous n'étions jamais seules. Nous ne fûmes jamais seules. Jamais.

L'isolement était une punition. Si les sympathisantes fondatrices avaient légué le *babil,* que nous récitions de lune en lune, c'était pour nous venir en aide, en paroles, par-delà le temps. Une des *shaggås,* complète, était consacrée à la grégarité intrinsèque de l'existence.

Une *shaggå* se décompose en une série de *sept séquences* rigoureusement identiques en longueur et tonalité, suivies d'un *commentaire,* dont le style et les dimensions sont laissées à la discrétion de la surnarratrice. Les séquences moralisatrices illustrent une anecdote lyrique qu'on devine extraite d'un univers qui n'est plus le nôtre, mais dont on peut aisément déduire et imaginer les éléments fondamentaux, avec sa propre expérience. Sept versants d'un même événement virtuel sont décrits ;

à l'incertitude de l'univers s'ajoute alors un martèlement exemplificateur. Ainsi, la *Shaggå de l'existence,* incluse dans le *babil* matinal, déclamée en chœur avant l'infusion, faisait-elle les louanges du clan en condamnant toute pulsion individualiste d'*internité.*

Nous faisions tout en groupe, pour notre propre bien, car, sans cela, la perte de repères, comme aujourd'hui... Les infrastructures facilitaient les rencontres et les rassemblements, nous faisions tout ensemble, la douche, le repas, le sommeil, la naissance, la guerre... L'égalité entre sœurs devait prévaloir, et Barika avait parfois à punir certaines qui menaçaient le clan en allant de leur côté. Entre autres effectifs, Janny fut surprise, seule, assise sous un marronnier, près de la forêt, en train d'arracher des brindilles et des petites fleurs de boutons d'or. Barika lui infligea alors la plus cruelle des pénitences, la seule convenable pour un tel crime, l'enfermement dans une cabine d'isolement, une douleur au goût de rejet lui rappelant son injure face à notre vie si précieuse, la *flambulance* entre quatre murs de tôle l'emportant vers une mort de chaleur lente.

Eldora

Tu ne doutes pas de ton existence, tu es Eldora, c'est ainsi qu'on te nomme, que tu te nommes, Petite Sœur, tu ne fais pas contre mauvaise fortune bon cœur, car tu n'as ni l'un ni l'autre, Petite Sœur, tu n'as pas de fortune, tu n'as pas de cœur, tu n'as que cette réalité vide, Petite Sœur, tu es creuse, Petite Sœur, rongée de l'intérieur, tu n'as pas la présence d'esprit pour le remplir de ton œil, Petite Sœur, tu te répètes les phrases rituelles prononcées par Barika, Petite Sœur, tu adores les mères fondatrices, Petite Sœur, elles ont su mettre fin à l'exploitation de l'homme par l'homme, et tu vénères l'ordre nouveau, Petite Sœur, tu ne sais rien des anciennes régions des camps, tu es fille de femmes libérées d'expériences carcérales sans nom, Petite Sœur, et tu en es reconnaissante, tu entretiens ton corps musclé comme un tombeau de marbre, Petite Sœur, et tu ne réfléchis pas, tu es désertée de conscience propre, tu vois tout en bloc, Petite Sœur, on t'a voulu trouée, on t'a concoctée de vase creuse, et c'est pour cela qu'on martèle le *babil* dans ta tête de recrue encore pétrissable, de bonne petite soldate, Petite Sœur, les paroles sacrées entrent par tes oreilles molles et forgent son chemin de feu, détruisant tout sur son passage, jusqu'à ta bouche, qui se liquéfie, qui régurgite en chœur les voix flamboyantes des mères fondatrices, et tu te fonds au groupe, Petite Sœur, et tu aimes ça, c'est chaud et tu es bien, Petite Sœur, tu n'as pas de force, même si tu es aveuglée par la sueur des muscles entraînés à combattre, et ça coule sur ton front et tes yeux, Petite Sœur, ta vision trouble, ta cécité provient des efforts incessants du corps, efforts de retenue et efforts physiques, car tu as peur, n'est-ce pas, Petite Sœur, que tu as peur, tu n'as pas la force d'être au monde, Petite Sœur, sinon tu aurais vu les conditions supportées, tu aurais vu, et tu aurais retourné contre toi ton arme, Petite Sœur, et tu ne l'aurais jamais su, non, tu n'aurais jamais aperçu cet espace, bien à toi, juste à toi, oui, tu vois, cette Petite Grotte, cette cavité pleine d'or à l'intérieur de toi, Petite Sœur, et qui attend seulement d'être habitée…

Palyce

Palyce était reconnue pour la légèreté de sa course. Ses pas survolaient le sol à une vitesse folle, jamais le clan n'avait eu de commandante éclaireuse aussi agile. Preste comme la tigresse, elle bondissait par-dessus les retranchements sans aucun bruit. Et la souplesse de ses jambes n'avait d'égal que la vivacité de son esprit. Elle possédait cette compétence peu commune de prédire avec naturel et assurance les mouvements des troupes ennemies. Elle voyageait beaucoup, connaissait comme le fond de sa hutte les régions les plus éloignées du clan, jusqu'aux moindres ruisseau, caillou, arbuste et trou de terrier. On pourrait même affirmer que Palyce était celle qui s'approchait le plus des hommes. On sait qu'elle observait ces êtres à leur insu, mais ce qu'elle voyait, elle le taisait. Et cela nous frustrait. Toutefois, Barika devait certainement être dans la confidence, elle qui savait tout. Se taire faisait partie des leçons cousues de fil blanc, des vérités manifestes que Palyce s'était elle-même imposées, une ligne de conduite toute personnelle, réfléchie. Lorsqu'elle revenait de ses repérages en contrées habitées, elle ne soufflait mot, elle savait fort bien que les mots écorchent les absentes et les survivantes, tourmentent celles qui ne savent pas, qui ne voient pas, oui, celles qui ne verraient jamais, non, jamais, et que, par-dessus tout, *les images se partagent mal, et que tout discours sur l'ailleurs passe pour une vanité ou pour une jérémiade.*

Femme

… Alors le serpent capitaliste vomit comme un fleuve d'eau derrière la femme pour la faire emporter par les flots. Mais la terre vint au secours de la femme : la terre s'ouvrit et engloutit le fleuve. Dans sa fureur contre la femme, le serpent porta le combat contre le reste de sa descendance, celles qui observent les commandements, les Lois des mères fondatrices, et gardent les Annales d'Étros…

Extrait de la *Shaggå de l'existence.*

Khimaira

Notre promesse de nudité était-elle seulement possible ? Comment arriver à engager sa nudité sans pudeur au sein du clan avec toutes ces armes pendues à nos chairs ? Ne tenir aucun secret les unes pour les autres, savoir tout partager, en tout temps, avec les autres, avec Barika…

Maintenant, les troupes sont décimées, le sol est infertile… Morphale et moi sommes recroquevillées dans la Grotte, coupées du reste des régiments, nous ne savons à combien sont rendus les effectifs… Quelles survivantes ? Que faire… ? Et, forcément, à trop se le demander, on reste sur place, on attend.

Après toutes ces journées d'angoisse, terrées, à penser aux perdues et aux absentes, nous en sommes venues à la conclusion que le *babil* réglementaire était lourd à porter. Serions-nous les deux dernières de notre espèce ? Nous ne saurions le supporter… Même si le *babil* révélait notre côté le plus sombre, il nous confortait dans notre grégarité, sororité régulée à même le sol. Les mères fondatrices nous ont légué les *shaggås,* les *chants,* les

49

narrats et les *purges* de la Parole. Lors du *babil,* toutes ces formes oratoires rituelles répétées en chœur nous rapprochaient les unes des autres. C'est d'une même voix éteinte que ma compagne et moi récitons encore les paroles des mères au fond de la Grotte, tentant tant bien que mal de nous réconforter.

La parole est tout. La parole est sacrificielle. Je me souviens de Khimaira, une fâcheuse erreur de concoction de Nanny, à la poitrine de tigresse, au bec de lièvre, à la queue poilue évoquant celle d'un petit chat, je me rappelle sa bouche étrange, son souffle flamboyant, crachant des flammes. Barika avait statué sur le sort de Khimaira, pauvre créature dont le seul tort était d'être née mi-femme mi-bête. Mais c'est le monstre qui dut payer l'erreur de la femme. Sa monstruosité tenait de sa multiplicité, sa race ne pouvant être contenue dans la nôtre, si harmonieuse. On l'enferma dans une cage de fer, et c'est lors d'une *purge* aux paroles sacrificielles que Barika l'enduisit d'huiles pour qu'elle disparaisse par le feu.

Khimaira. Prononcer son nom est encore sacrifier du vivant.

Khimaira. Prononcer son nom est encore sacrifier du vivant au Céleste.

Khimaira.

Kallié

C'est à l'embouchure même du fleuve que se trouvait le campement le plus avancé des gardes de nuit, le plus exposé, le plus près des Autres, le plus excitant. Au plaisir de la conquête d'un territoire toujours plus vaste s'ajoutait la certitude que nous étions dans notre plein droit naturel. Si le sol acceptait de nous voir naître ainsi, de ses propres matériaux, de ses propres entrailles vaseuses, il paraissait alors évident que la Femme-Terre avait accordé sa bénédiction à notre domination sur toute chose. C'est ce que nous croyions. Enorgueillies d'être choisies parmi toutes les créatures rampantes pour régner, nous allions, droites et fières, une hache à double tranchant à notre ceinture. Aujourd'hui, le terrain témoin de notre guerre est stérile, le sol nous rejette, infertile... Et Morphale me demande si je songe à Kallié, si je parviens à entrevoir sa survie, face au dernier assaut, mais je n'en sais rien, à travers tous ces cris d'armes à feu, je ne vois plus aussi bien qu'avant. Auparavant, c'était blanc, c'était noir. Ces derniers jours, les visions ne sont plus aussi nettes, le flou est partout alentour, tout est cécité grisâtre, je ne sais pas, ma pauvre Morphale, je ne sais pas… L'avenir semble fuir.

Litote

La place nous manquait. Nous avions un large territoire et nous possédions le fleuve. Mais l'espace nous manquait. Nous voulions encore plus, nous étions fort gourmandes.

L'exploitation des potagers était supervisée par la commandante jardinière, Mamika, alors que Litote et ses diverses recrues s'occupaient des bêtes. La cuisinière en chef, Litote, veillait aux bonnes délimitations entre les bêtes et nous, les enclos à vaches et à cochons, les bassins d'anguilles et d'escargots, tous ces espaces claire-ment définis entre nous et l'espèce animale, utile à notre subsistance, et cela nous rassurait, je crois. Ainsi, la bêtise ne nous appartenait pas. Elle était hors de nous, contenue dans des lieux précis et circonscrits. Mieux que cela, nous la dominions : nous étions d'une race supérieure, car nous nous en nourrissions…

Morphale

Morphale dort déjà, affalée sur son lit de mousse improvisé, au fond de la petite Grotte. Je n'ai pas fait de feu ce soir, la nouvelle lune éclaire suffisamment pour surprendre la venue de prédateurs, et il fait si chaud. Je prends le premier tour de garde.

Lorsque je songe à nos sœurs disséminées sur les terres, exécutées ou capturées par les Autres, la chaleur m'accable encore plus. Je n'ai pas de plan d'attaque, seulement des pensées lourdes, et Morphale parle si peu… Nous sommes en sécurité ici, du moins pour l'instant.

Depuis que nous ne sommes que deux, j'ai beaucoup trop de temps pour réfléchir. Dans mon esprit, j'affronte toutes les absentes, et c'est comme entrer en moi armée jusqu'aux dents. Je ne suis plus grenouille dans eau chaude, je suis crapaud assoiffé dans flaque.

Je ne peux m'empêcher d'y penser… Si la main est véritablement sienne quand un autre la touche, à qui étions-nous ? Cette question distille son poison dans ma tête, et

je ne vois qu'une seule réponse possible… Nous étions
au passé remâché, ressassé, recommencé sans cesse. Nous
étions clan aux lois immémoriales.

Cléo

Une recrue de Litote, Cléo, s'occupait des animaux propres à notre subsistance, les vaches, les marmottes, les poules, les chevaux, les mandrills, les cochons... Elle veillait à leur procurer nourriture, eau, hygiène, et, surtout, à débarrasser, jour après jour, les cages et les enclos des myriades de couleuvres. Ces reptiles aux couleurs et grosseurs multiples pullulaient à proximité, on ne sait trop pourquoi, comme attirés par nos campements, notre bétail, grouillant sur nos plantations et nos terres... Mamika et Nanny, maîtresses travailleuses du sol, appréciaient la présence de Cléo, aux mains salvatrices, nettoyeuses, femme farfouillant, épurant la terre, emplissant de couleuvres de pleins paniers tressés pour ensuite aller les jeter en offrande à l'oubli du fleuve profond. Je ne sais si les reptiles continuent à y vivre, rejetés par nous, les femmes du sol, se gavant de mystères marins, grossissant, pour devenir enfin monstres du fleuve...

Parques

Qui pleure là ?

Je ne sais trop quand, puisqu'il me semble avoir toujours vécu en symbiose avec elles, les tisserandes commencèrent à perdre de leur cohérence et de leur unité. C'était probablement un des nombreux commencements de la fin.

D'après les Annales d'Étros, les trois sœurs, Nona, Decima et Morta, ont toujours fait partie de notre monde. Jusqu'à tout récemment... Ça a commencé par des trous, minuscules, tout simples, laissés çà et là, de manière intentionnelle ou non, des interstices dans nos *parcas,* nos tuniques. Des orifices qui devinrent de plus en plus grands avec le nombre de lunes qui passaient... Puis, enfin, nos fileuses se révoltèrent franchement, une manie incompréhensible. Les sœurs créaient des tissus incongrus, malmenés et troués, au point où l'on pouvait se retrouver avec un *parca* dans lequel il aurait fallu insérer quatre bras, deux cous ou trois jambes ; même que, bien souvent, on avait un sein libre comme l'air, ce qui n'était franchement ni pratique ni confortable...

On tâchait de raccommoder ce qu'on pouvait, avec les moyens du bord. Pendant ce temps, les tisseuses s'obstinaient pour des riens, s'estropiaient dans leur métier à tisser et, parfois, s'endormaient sur leur ouvrage.

Malgré tous les avertissements et les sanctions de Barika, elles continuèrent leur petit manège à tisser désordonné, et l'inévitable se produisit. Une *purge* sacrificielle fit disparaître les tisserandes, il y a de cela quelques lunes. Depuis ce jour, ma vision est floue.

Le monde connu s'est éloigné de nous.

Et moi vive, debout, dure, et de mon néant secrètement armée, je me vois me voir. Suis-je quelque chose MOI qui ne me vois que dans le vertige des autres. Et qu'y suis-je ?

Délire d'étoffe n'intéresse pas le métier à tisser.

Étros

Il est écrit dans les Annales d'Étros qu'à l'an zéro de notre ère, nos pas seront guidés... Si mes calculs sont exacts, nous sommes en l'an moins 20. Il nous resterait donc encore une vingtaine d'années avant que ne s'accomplisse la *prophétie zéro* des mères fondatrices.

Des livres d'origine, les annales d'une de nos deux mères fondatrices, Étros, furent sauvées des mains broyeuses des géants capitalistes et des flammes des guerres civiles.

Barika, Mamika et Nanny sont les gardiennes de notre savoir. Puisqu'il subsiste trop peu d'ouvrages attestant de nos origines, les trois femmes trouvèrent cachette pour ces quelques livres, un site d'enfouissement connu d'elles seules. Les arbres, les écorces, les feuilles, les livres étant trop fragiles, voués à l'éparpillement et à l'effacement, le *babil* permettait alors de transmettre ce qu'elles considéraient comme essentiel à la survie et au bon fonctionnement du clan. Le *babil* sauvera la parole de notre peuple, qu'elles disaient. C'est bien beau toutes ces sages précautions, mais si Barika, Mamika et Nanny ne survivent pas aux assauts, et que le lieu secret disparaît avec elles, il ne restera que la mémoire…

Ilithye

On raconte qu'Ilithye fut la première femme souche, née du sol et des mains des mères fondatrices Étros et Psychéra, et que Nanny, la prêtresse accoucheuse actuelle, constituerait son unique descendance. La première fille du sol fut engendrée par la rencontre des deux mères fondatrices. Le choc résultant de cette union créa l'œuf primordial d'Ilithye. Le cratère originel témoignant de cette violente explosion est toujours visible à l'embouchure de notre fleuve. Si Ilithye n'engendra qu'une seule fois, Étros et Psychéra reproduisirent leur union, et engendrèrent de nombreuses femmes, dont Barika et Mamika. Les mères se lièrent aux sœurs fileuses, les ancestrales Nona, Decima et Morta. Elles joignirent leurs connaissances et leurs forces pour bâtir notre peuple, avec les résultats que l'on connaît.

Psychéra (I)

La manière de considérer l'autre dépend de la conscience que l'on a de soi.

On pense être vierge. On a la conscience vierge de l'autre.

On a la conscience vierge de la guerre infinie.

La femme est multiple. La femme est à la rencontre de l'autre absolu qu'est l'homme. Mais aucun absolu n'est possible, puisqu'il y a la séparation par le corps. La hache à double tranchant de l'Histoire, cette Inconnue, a fait d'un côté l'homme et de l'autre la femme. Notre clan vivra afin de renverser cette lacune originelle, selon notre enseignement, en assumant pleinement la séparation perpétuelle, pendant des siècles et des siècles.

Rappelons-nous, femmes de la terre, que l'homme fera toujours la guerre, car c'est dans sa nature ! Mais rappelons-nous, femmes de la terre, que c'est également la nôtre ! Quels ennemis seraient plus désirables que nous ? Dorénavant, Étros et moi, corps et âme, savons la fusion autarcique, notre progéniture saura, et notre peuple

survivra, jusqu'à ce que nos pas nous guident à nouveau,
vers une fusion nouvelle et éternelle.

Enseignements de Psychéra, mère fondatrice,
fragment I du *babil*.

Clymen

Elle se mangeait l'intérieur. Avant, c'était l'extérieur. Comme les ongles. Puis, la peau des ongles. Clymen regardait l'horizon pendant des heures, scrutait de ses yeux alertes les moindres signes de vie provenant du clan des hommes. La vigie de la brunante à minuit. Le temps était long. Calme. Ennuyeux. Elle occupait son corps en le grugeant, petit à petit.

Les attaques se produisaient seulement vers les trois heures du matin. La commandante jardinière, la plus érudite parmi nous, affirmait qu'il s'agissait là d'un « réflexe de fermeture des bars », conservé dans la mémoire cellulaire masculine depuis un millénaire. On ne savait pas trop ce qu'elle entendait par là, mais ce n'était pas important. Les faits restaient les mêmes. Les rapts se répétaient, nuit après nuit. Fort heureusement, on ne perdait pas plus de deux ou trois veilleuses par nuit, des guetteuses soigneusement sélectionnées par Barika, souvent des membres gênants dont on souhaitait se débarrasser plus discrètement que par la *purge*.

Clymen était difficile à cerner. Elle ne quittait pas leur campement des yeux. Pour tuer le temps, elle se mordillait, se défuntisait l'intérieur des joues jusqu'au sang. Le goût du sang... Elle avait demandé à être mutée au poste de *véritable nuit,* celui de minuit à six heures. Clymen disait vouloir participer à quelque chose, n'importe quoi, combattre les enlèvements. Et Barika avait refusé, considérant son peu d'expérience sur le terrain. La belle affaire, je crois plutôt que notre chef pressentait la véritable nature de cette femme un peu trop agitée, un peu trop curieuse, assurément prête à s'offrir au premier feu de paille. Le sang aurait eu raison d'elle à la moindre occasion.

Nicole

...

...

La petite fille qui aimait trop les arbalètes
La femme est un loup pour la femme
Orang en emporte l'outan
Les Amazones pour les nuls
Quand le marteau se cogne le clou
Aurore, l'enfant matinale
La femme est un homme comme les autres (essai en dix volumes)
Somewhere over the fuckin'rainbow
L'Apocalypse selon sainte Jeanne
Les dimanches aux bouquets de fleurs de rhétorique
De quessé faire que la littérature ? (rédigé par Jeanne-Sol Partre)
Quand la Gorgone se dégonfle
Les vilains bûcherons qui enlignaient les pitounes

...

...

Des titres de livres qu'elle n'écrirait jamais lui trottaient dans la tête, se bousculaient par centaines. En cadence, en frappant du talon. Comme les pas militaires qu'elles effectuaient. Nicole voudrait écrire un livre. Tuer lui était permis, elle y était même forcée, mais écrire… Cela nous était impossible, strictement interdit par la Loi des voix stipulant que les mots avaient besoin des voix, de chants et d'air pour circuler, respirer, vivre, et que toute inscription dénaturait les voix, celles-ci ne pouvant se transmettre que lors du *babil* ou de la *purge,* ou des *shaggås* et autres récitations en chœur. Barika, Marika et Nanny transmettent les paroles sacrées des Annales d'Étros, que nous entonnons toutes. L'écriture est prohibée. Nombreuses sont celles qui sont passées par la *purge* pour s'y être essayées. Nicole aimerait tant rédiger un livre, non pas un *vrai* livre, puisque cela nous est impossible, mais un livre de titres… L'idée l'obsède… Cette pensée de chaque instant la martèle tellement qu'elle se dit qu'elle pourrait bien le faire… peut-être… passer à l'action, oui… de toute façon, cela ne ferait pas d'elle une poète, encore moins une écrivaine, non ?

Gloria

Je me morfonds. Et ron et ron petit patapon. Je me morfonds, et peine à garder mon calme pour elles. Et Morphale qui m'informe que Cléo est morte, mordue par un aspic énorme, au sein. Et je n'en ai rien su...

Ça ne peut pas être pire que la fin de Gloria. Bérénice et Gloria étaient volontaires pour l'avant-poste, près de l'embouchure du fleuve. Tout ce qu'elles avaient à faire, c'était d'entretenir toute la nuit un feu de camp assez grand pour que les éclaireuses postées sur la montagne voisine puissent voir s'il allait y avoir assaut. Et assaut il y a eu.

Elles nourrissaient le feu, nourrissaient le feu comme jamais personne ne l'avait nourri. C'était le tonnerre de balles sifflantes aux oreilles grinçantes. C'était, sous l'assaut des premières mitraillettes, Bérénice, exposée aux quatre vents, laissant tomber sa hache pour agripper Gloria par la taille, la positionnant devant elle, face aux ennemis, véritable rempart d'os et de chairs entre elle et les Autres, Bérénice sentant Gloria se disloquer dans ses bras, à chaque balle la pénétrant, la secouant, la pétaradant, chaque contrecoup augmentant le courage furieux et la toute-puissance de Bérénice, qui enfin laissa choir son bouclier inanimé, puis rampa vers la fosse salvatrice pour attendre l'arrivée des renforts, avant de s'évanouir.

Hiverne

Elle avait les mains froides.

Elle avait le cœur chaud.

Souvent, la femme portait les doigts à son front qu'elle imaginait perdu, les joues, les lèvres, les yeux, les tempes, ah, oui, le front était toujours là où il fallait... Cela aurait été affreux qu'une des parties de son corps se détache et s'en éloigne... *Certaines appuyaient de leur front sur la vitre.* Hiverne était de celles-là. Et elle gardait ses mains bien cachées, enfouies dans les poches de son *parca*.

Hiverne gelait ses yeux lorsque les images projetées sur l'écran de la vie lui chauffaient trop les paupières. Elle ressemblait à une fillette jouant à coucou-qui-est-là toute seule. Attendant la personne qui viendrait regarder avec elle. Accepterait le projecteur qu'elle tendrait à bout de bras, sa propre vue. Toutefois, personne ne venait questionner ses yeux. Elle attendait, comprenez-vous, attendait... Elle devait composer avec eux. Et la vitre.

Quand elle avait la gorge trop ébranlée, écorchée, brûlée de tous ses tremblements de taire, elle étreignait son cou de cette façon. Comme cela. Et ça la soulageait d'étrangler la canicule devant le spectacle hyperamazonien. Comme si elle avait avalé un banc de neige. Et la luge à la fois. Damnation. Elle se prenait à la gorge comme un mot qui voulait aller jouer dehors.

Le jour où Hiverne comprit par accident la source (tout arrive par accident, n'est-ce pas ?), elle y appuya des deux mains. Non, pas sur la vitre. Elle posa les mains usées sur son cœur, comme on disposait autrefois un macchabée dans son satin inutile. Vous dire la froidure, l'*hiverdure*... À la vitesse du sang, chacun de ses organes en fut affecté, dont le principal intéressé.

Depuis ce temps, elle nous regarde, elle fait pianoter ses glaçons sur la vitre, elle attend...

Psychéra (II)

Nous parcourrons un long chemin d'isolement et d'immolation de l'être connu. Nous habiterons des planètes différentes, entre sœurs, entre mères, entre filles nées de la fange. Nous imposerons nos lois et notre collectivité neuve à travers les temps. Nous assisterons à l'apogée de l'ordre capitaliste et à ses guerres monstrueuses, mais vous, filles, vous survivrez. Toujours la terre sera, et nous serons, à travers vous, et nous tiendrons parole, et vous tiendrez parole, pour les siècles des siècles. Les échos des massacres nationalistes et de la pauvreté ignoble vous parviendront sans cesse à travers nous, et vous serez nos engeances vengeresses, à qui nous transmettrons nos propres images, écrans de fumée de ce qui a été, est, sera et aurait dû être.

Enseignements de Psychéra, mère fondatrice,
fragment II du *babil*.

Jeanne-Sol

Malgré les enseignements d'entraide collective, d'unicité bénéfique et d'amitiés pour toutes, Jeanne-Sol, la fille de Barika, avait pour ennemie Margot. Cette dernière souffrait d'un mal étrange, que Nourty, la guérisseuse, ne pouvait comprendre. En fait, Margot effectuait ses besognes et assistait aux leçons quotidiennes, mais, parfois, elle se mettait à vomir sans aucun avertissement. Elle disait ne pas pouvoir prévenir... Invalide, inopérante, durant quelques secondes, Margot, le visage blanchâtre, se dévidait l'intérieur par à-coups. Ces crises-là ne duraient jamais bien longtemps. Ses yeux s'ouvraient, grands comme jamais, étoiles filantes au repos. Elle semblait percevoir quelque chose d'invisible. Pendant ce temps, la jeune fille ne pensait qu'à elle, ne songeait guère à la survie du clan et au *babil* réglementaire, un liquide chaud et jaune s'écoulant de son corps déréglé et robuste à la fois. La douleur creusait, crispait ses traits, des spasmes la secouant tout entière. Ses veines, palpitantes, menaçaient de s'enfuir pour on ne sait où.

Un jour, Margot fila la raclée de sa vie à Jeanne-Sol, raclée de sa vie en ce sens qu'elle fut la dernière. Elle asséna le coup final à ce qu'elle considérait un corps ingrat, inapte à la vie. On ne savait trop pourquoi, et encore moins Margot, Jeanne-Sol ne cessait de dire qu'elle avait la nausée. L'absence totale de vomissement, son teint éclatant, son pas assuré, l'usage de tous ses membres, ses yeux clairs et sa mine reposée semblaient trahir son verbiage de romance incessant. Pourtant, Jeanne-Sol s'obstinait à proclamer et exposer son état envers et contre nous. *Bla, bla,* paroles, paroles, paroles aux minois roses et aux mains inactives pendant que les autres se démenaient pour survivre et nourrir ce gouffre ingrat. Si elle n'avait pas été la création de Barika, on ne lui aurait jamais permis d'ouvrir ce clapet à plaintes perpétuelles. On aurait réglé ça avec la *purge*. Un tel discours, servi matin, midi et soir, une telle diète écœurait Margot, qui en éprouvait une véritable nausée. De quel droit Jeanne-Sol se permettait-elle d'édifier un monument de douleur, de le brandir fièrement, avec gloire ? Et Margot lui souhaitait le mal, comme ses crises mystérieuses, afin qu'elle prenne enfin conscience de son ingratitude envers les mères fondatrices qui l'avaient faite si parfaitement opérationnelle. Puis elle commit l'irréparable.

Astrid

Astrid était la femme de main de Barika, Mamika et Nanny, notre trio de commandantes. C'est Morphale qui me l'a dit. Mais je n'aime pas être seule avec Morphale dans cette grotte humide : elle sait beaucoup trop de choses, des choses que je ne suis pas certaine de vouloir savoir… C'est franchement étrange. Je suis partagée entre le désir de comprendre et celui de rester dans le noir, d'encourager ma cécité naissante, de faire des gribouillis sur les murs de notre caverne de fortune. Trop tard, car Morphale me raconte…

Des atrocités commises par nos gardiennes auxquelles je ne saurais croire… Et pourtant, elle me jure sur la tête des mères fondatrices que le trio n'était pas ce qu'il paraissait, loin de là… Il semble qu'Astrid était chargée de capturer, vivants, des hommes et de les ramener à la cabane sur pilotis partagée par Barika, Nanny et Satellie. Cette dernière, la Muette, ne pouvait ébruiter leur pratique, mais devait en être témoin. Impensable. Morphale et quelques gardes ont eu vent de ces histoires horribles, tortueuses, pour avoir eu à garder leur périmètre de sécurité. Personne ne devait savoir, sous peine de *purge* pour les gardes en faction devant les portes. Entre les planches leur provenaient des cris douteux, de souffrance, de torture, non pas de femmes, mais bel et bien du clan ennemi. Une fois leur expérience terminée, elles faisaient disparaître les preuves en même temps que le corps inerte dans les vagues du fleuve…

Mais cela n'a pas la moindre parcelle de sens, va à l'encontre de tous les préceptes enseignés par les mères fondatrices et les lois de notre communauté depuis l'arrivée des femmes nées de la terre ! L'égalité entre sœurs devait prévaloir, connaître chaque secret de chacune faisait loi. Et puis, d'abord, quels secrets ? Nous ne pouvions en avoir, impossible… Et Barika n'aurait jamais permis à aucune d'entre nous de se livrer à de tels agissements avec l'ennemi. Qu'Étros nous en garde ! Les capturer et les torturer ! Interdit ! Seulement y songer nous faisait mal… On nous a appris, jusque dans nos chairs, à haïr l'Autre…

Cependant, aucune femme ne risquerait la *purge* pour de telles confidences. Morphale doit donc être convaincue que la fin approche pour s'ouvrir ainsi…

Et elle me demande si je veux en savoir plus…

Pauvres de nous, c'est déjà trop.

Marie

La prêtresse accoucheuse, Nanny, avait confectionné de nombreuses jeunes femmes. L'une d'elles l'avait profondément déçue, accentué les ridules de son visage brunâtre, courbé son dos de honte et de désespoir jusqu'à la faire ramper sur le sol comme un serpent pour qu'elle entende raison – notre raison. C'est que Marie avait découvert la cachette secrète de livres appartenant à la chef Barika.

On le sait, les écritures furent toutes brûlées, elles périrent de manière concomitante avec le dernier Empire, celui du doute exacerbé. Il y a de cela des milliers de lunes et des centaines d'hivers. Les historiens massacrés, les poètes abandonnés sans nourritures terrestres sur l'île de Port Intérieur, les philosophes enterrés vivants, les bibliothécaires vidés de leur sang pour en faire du boudin, et j'en passe...

La mémoire était dorénavant scellée sous vide, sous terre.

Toutefois, certaines œuvres survécurent au bain de flammes, furent transmises de femmes nées de la terre en femmes nées de la terre. Notre maîtresse possédait de ces livres. Comment Marie était-elle parvenue à découvrir la cachette ? Nous n'en savons rien. Il reste qu'elle lui déroba un manuel illustrant des ébats sexuels, dévoilant ainsi la face cachée de la conception, l'alternative originelle et légitime à la méthode des accoucheuses, le rôle primordial des hommes et des femmes. Elle n'eut plus qu'une idée en tête, argumenter avec sa mère, trouver le moyen de faire une enfant au moyen de l'ancienne pratique. Nanny fut choquée, épouvantée par la catastrophe potentielle, éminente, logée dans le corps même de cette fille : « As-tu parlé de ce livre à quelqu'un d'autre ? » Un tel élan était susceptible de bouleverser l'équilibre de notre monde. Comment lui faire comprendre que d'un tel procédé pouvait résulter un garçon, un ennemi ? D'autant plus que toute forme de rencontre nous est totalement interdite… « Tu vas aller reporter ce manuel de malheur où tu l'as volé. Je m'occuperai de notre chef. Cette terre demeurera notre terre. Tu dois oublier ce que tu as vu, ce que tu sais. Fais-le pour ta mère et pour le bien de notre peuple. » Marie, en proie à un soleil abdominal jusqu'alors inconnu, ne put accomplir qu'à demi les directives de sa génitrice. Elle remit l'ouvrage à sa place, non sans lui accorder toute l'attention qu'il méritait au préalable, puis se porta volontaire pour la garnison de minuit à six heures du matin.

C'était décidé, non à la guerre, oui à la rencontre. Assez. Elle serait rassasiée. Offrirait avec plaisir sa canicule curieuse. Connaîtrait l'Homme. Connaîtrait la Femme. Renierait le sol. Accueillerait le ciel.

Légion

Mon nom est Légion, car nous sommes nombreuses.
Cette vie n'est pas un long fleuve tranquille.
Mais de plus en plus la conscience multiple d'un
tombeau des femmes par les femmes.

Nourty

La guérisseuse Nourty était sous l'emprise des commandantes (comme nous, en somme). Celles-ci avaient menacé d'éliminer sa fille adoptive Lizgoth si elle parlait. Tori périt dans une *purge,* aucune surprise pour Nourty, un autre exemple affermissant la toute-puissance de Barika sur le clan... mais Nourty avait tenu tête pour sauver la fille. Et si la guérisseuse ne relâchait qu'un seul mot quant à leurs alliances passées, connivences fructueuses pour les quatre parties, qui avaient permis le renversement des commandantes précédentes et l'élaboration d'une nouvelle génération de femmes guerrières, encore plus soumises, malléables et sans conscience propre... eh bien, le trio maléfique détruirait la progéniture illégitime de Tori...

Prendre le pouvoir fut aisé, les quatre femmes se liguèrent et envoyèrent au front piégé toutes les troupes, en prenant soin d'indiquer avec précision aux ennemis leurs positions et en trafiquant l'armement. Rien de plus facile, au point où elles se demandèrent par la suite pourquoi elles n'y avaient pas songé avant... Toutefois, depuis ce temps marqué de rouge, pour Nourty, le paysage avait changé, le règne de Mamika, Barika et Nanny n'était que terreurs de terre bafouée et libertés annihilées, sous les yeux impuissants et coupables de la guérisseuse.

Cerbyne

Marie avait été capturée par les hommes pendant la nuit. Elle faisait partie du butin de la nuit dernière. Lorsqu'on lui fit le rapport de six heures, Mamika, la capitaine de jour, se dirigea vers la cabane de Nanny afin d'en informer la mère de l'infortunée. Les pas lourds, mais le visage impassible, elle pénétra dans le gîte de Nanny sans prendre la peine de s'annoncer. Elle n'échangea qu'un seul regard avec Nanny : tout était dit. Elle sortit pour aller répandre la mauvaise nouvelle aux deux autres mères... Nanny la rattrapa, le souffle court, les yeux vides, et lui murmura quelques mots à l'oreille, vraisemblablement la découverte de la cachette par Marie. Mamika garda le silence. Regarda longuement le sol à ses pieds en quête d'on ne sait quoi. Releva la tête. Serra les dents. Émit une sorte de grognement. Puis laissa Nanny seule, devant sa porte, les mains tremblantes déposées en croix sur son cœur.

Mamika se rendit à la cabane d'arrière-garde occupée par Barika. Cerbyne y était en poste, se tenant à droite de la porte de la chef. Quand elle vit Mamika arriver, elle lui ouvrit toute grande la porte, la referma derrière elle. Elle s'attendait probablement à ce que la capitaine annonçât quelques nouvelles d'importance à Barika. Peut-être même écoutait-elle derrière la porte. On dit qu'elle entendit des hurlements, se rua à l'intérieur, pour découvrir Mamika couchée sur Barika, maintenant un couteau sur la jugulaire de la commandante. Elle se précipita pour désarmer Mamika, mais celle-ci lui dit de reculer, de retourner à son poste, *tout était bien, tout était sous contrôle*. Obéissante, Cerbyne s'exécuta. Quelques moments plus tard, elle vit sortir Mamika. Jeta un bref coup d'œil à l'intérieur, pour s'assurer de l'état de la chef, et, rassurée, la voyant assise sur sa chaise, muette et immobile, mais bien en vie, Cerbyne reprit sa position.

Mamika

Les nuits ici ont toujours été exténuantes.

Mamika ne pouvait dormir, elle écoutait la nuit autour de nous, les moustiques qui la griffent d'un cauchemar noir, songe qui boursoufle, qui n'en finit plus. Car, sous la peau, cette vision ancienne mais bien réelle du *renversement,* la trahison du sol, le travestissement des paroles du *babil* par la chef, la surveillance constante et le charisme envoûtant de *Big Sister,* Barika, et cette certitude amère, mère de l'insomnie, que les rapts orchestrés par cette dernière sur l'autre clan ne sont pas dignes des mères fondatrices, et le refus obstiné de Mamika d'y participer, qui n'apaise en rien la conscience lourde, et le reflux bilieux lors du *babil,* et les sueurs vierges qui trempent les tissus de la nuit, oui, elle connaît tout cela.

Ce qu'elle ne connaît pas, par contre, ce sont les multiples couleurs inventées sous les paupières, qu'elle refuse avec force.

Bérénice

Respecter les petites règles permet de briser les grandes. C'est ainsi que Marie, Bérénice et Lizgoth complotèrent afin de renverser le pouvoir en place, avec l'aide précieuse de Nourty. Les trois femmes semblaient pourtant si dociles, participaient au *babil* comme nulle autre, criaient les slogans des Lois d'une voix plus forte lors de la *purge,* ne manquaient aucune séance de maniement d'armes ni de *catharsis,* se portaient volontaires pour les besognes les plus exécrables, elles étaient en apparence irréprochables…

De nuit, pendant notre sommeil de plomb, elles prirent en otage les nouvelles-nées de la dernière infanterie. Selon leurs instructions, et particulièrement celles de Nourty la guérisseuse, le sol avait été stérilisé, de long en large, de brindilles en boue, de pétales en fleur. Une fois la besogne accomplie, Marie devait se laisser capturer afin de négocier avec le clan des soi-disant ennemis. Elle aurait alors transmis les plans de nos campements, vigies, éclaireuses, bref, toutes les informations nécessaires pour un assaut efficace et bien réussi. Le lendemain, ils attaquèrent, aidés par les nouvelles-nées, une Artémise, une Lizgoth et une Bérénice en furie supprimant toute femme refusant de se soumettre… Morphale et moi avons pu leur échapper et nous réfugier dans cette grotte humide.

Maintenant, notre vase est émasculée et nos plantes desséchées, notre race poussée à l'extinction par ses propres membres infantiles, et je ne vois plus qu'une option.

Psychéra (III)

Apo n'a pas survécu aux camps.
Les multiples têtes des géants tomberont.
Rappelons-nous, chères sœurs, ses dernières paroles.
Car Apo nous dit, sa voix comme voix des eaux multiples :
Vous serez mes engeances vengeresses jusqu'à votre
dernier souffle, le glaive de ma bouche, et vous ferez cela
en mémoire de moi.
Big Sister est avec nous, et avec notre esprit partagé.
Nous tiendrons parole. Et toutes les paroles du monde.
Nous honorerons Apo et nous survivrons à même le sol.
Et si le fleuve a parfois une odeur de sang, nous
continuerons, sans relâche, nous serons groupe et unité
contre la férocité du monde, rempart de chairs vierges
face aux sales assauts extérieurs. Nous rejetterons ainsi
l'hypothèse de la mort.

Enseignements de Psychéra, mère fondatrice,
fragment III du *babil.*

Nanny

Je suis venue en ces terres. J'ai vu le tranchant de l'arme de Lizgoth s'abattre sur la nuque de Nanny. J'ai vaincu la débandade, entendu les cris, respiré la peur et l'odeur des fauves féroces, aperçu les vierges de sang tombées au sol, au combat, l'une après l'autre, lors de l'assaut final. Et je l'ai vue. Morphale a couru vers moi. Et j'ai cligné les yeux comme une nouvelle-née, avant qu'elle ne prenne ma main et ne m'attire à elle. On ne m'avait jamais pris la main. Elle m'a entraînée avec force hors du territoire. Et nous nous sommes cachées dans la forêt avant de trouver notre abri de fortune…

Loin de cette masse hétéronome saccagée, passé le choc de la dissociation, *je me voyais me voir*. Encore. Et avec l'aide de Morphale, j'y vois plus clair. *Être non selon la chair, mais par le vide et le mal et les flammes intestines.* Oui, c'est cela. Dans ce système, il n'y avait pas de place pour le sensible, seulement l'intelligible, encore que…

Tirésias

Pour le pouvoir en vigueur, le plus important était la privation sexuelle. Puisque tout contact entre nous était interdit, la *catharsis* lunaire, chacune dans nos enclos respectifs, permettait une certaine forme de pulsion libératrice, mais minime. La privation de l'acte sexuel, du contact primaire et naturel, entraînait l'*hystérie,* laquelle était souhaitable pour le discours dominant, car *on pouvait la transformer en fièvre guerrière et en bête dévotion pour les dirigeantes.*

L'emprise sur la conscience avait pour siège la privation du corps et la promesse de nudité impossible : nous étions nues, mais nulle rencontre ne venait engager cette nudité. Nues en apparence, mais le corps armé d'une conscience bête. De toute façon, la promesse de nudité sans pudeur n'était pas possible, considérant toutes ces armes trimbalées. C'est comme demander à une femme de caresser l'autre malgré ses chaînes aux poignets… Le principe du dérèglement des sens nous a engagées dans une roue sans fin, à répétition, que seules certaines d'entre nous, d'une force de caractère plus puissante, connaissant le jeu et ses règles, pouvaient bousiller.

La force en place, pour maintenir l'ordre, l'écart entre le trio d'élues et les autres femmes, les dirigeantes et les dirigées, nous ne les avons pas vus avant aujourd'hui… La grenade rend sourde, et si la guerre rend sourde, elle nous rend également aveugles à tout système établi.

Aujourd'hui, je vois. L'absurdité stérile de notre guerre. Absence d'intimité. Absence d'une chambre à soi, maintenue d'une main de fer par une poignée de femmes. Nous ne saurons jamais si de ce régime autarcique des mères fondatrices aurait pu naître quelque chose de beau et de plein, car la femme a recréé, c'était sans doute inévitable, le jeu de pouvoir des hommes. Le sexe n'est pas en jeu ici. Il n'a absolument rien à voir. Par cette démonstration, nous savons enfin que l'Homme comprend l'homme et la femme, que la femme est l'égale de l'homme.

Mes états d'âme et ma mémoire ne peuvent plus rien changer, et je me sens encore plus morte que vivante. Mais comment avons-nous fait pour mourir si longtemps ?

Si la vraie vie est absente, nous irons la reprendre. Morphale et moi irons de l'avant, pour toutes ces femmes qui n'ont pas su, nous inventerons le début d'un monde où la rencontre avec l'Autre est possible. Nous sortons de cette grotte d'attente mortificatoire pour aller vers eux, conscientes et consentantes, et engager notre vraie nudité.

Merci au vingtième siècle d'avoir donné naissance à des œuvres démesurées, qui nous aident, sinon à comprendre, du moins à exhiber l'esprit humain sous tous ses aspects, toutes ses couleurs innombrables. De courts extraits empruntés à ces écrivains ont été donnés, pour la plupart en caractères italiques : Réjean Ducharme, Antoine Volodine, Jean-Aubert Loranger, Jean-Paul Sartre et Boris Vian, Amélie Nothomb, Pierre Yergeau, George Orwell, Paul Valéry, Georges Perec, Virginia Woolf, Henri Michaux, Roland Giguère, Arthur Rimbaud l'intemporel... On découvrira aussi, dans Les Amazones, *des poussières de femmes fortes, qu'elles se trouvent dans les écrits bibliques, la mythologie gréco-romaine, l'histoire de l'ancienne Égypte, ou un imaginaire près de chez vous...*

@JoseeMarcotte

ACHEVÉ D'IMPRIMER
EN JUILLET 2012
SUR LES PRESSES DE MARQUIS IMPRIMEUR INC.
SUR PAPIER SILVA ENVIRO
100 % POSTCONSOMMATION